AMOR : Sentimientos Bajo La Piel

de

Sebastián José Martín Yánez

ISBN: 9798847810227

I.- AMOR

AMOR FUGAZ

Como un soplo que dura un instante
Unos momentos en mis brazos
Para luego tener que dejarte

Pasó rápido como el viento,
Sin detenerse, solo el recuerdo
De unos momentos de pasión

Amor fugaz, es lo que quisiste
Amor fugaz ,es lo que me diste
Amor fugaz, es lo único que tuvimos

AMORES DE VERANO.

Verano, Estación
De trigos dorados
De amores callados,
Estación del corazón

Amores de Primavera
De flores y granos
Fruto son en Verano
Caídos en la pradera

Amor de Verano, eres
De Trigos y frutos
Amor Absoluto.

No, No esperes
Pasiones desatadas,
Sino amor íntimo
De vida amada

ANTES DE CONOCERTE

Antes de conocerte, la Nada
Negro era mi destino
Ahora que te conozco, el Todo

Siento la profundidad del seno materno
Ondean de nuevo las ilusiones perdidas
Fórjanse las esperanzas olvidadas
Anhelos rescatados perciben mis sentidos
Inicio de una nueva vida.....

Gracias doy al Creador
De volver a tener Esperanza

Gracias doy al Creador
Por haberte conocido

AUSENCIA

Después de la noche fría
Pasaste como la luz del sol
Dándome el calor
Dándome la vida

Aún siento tu presencia,
El halo de tu cariño,
Por tus besos
Mis labios aún queman

Mis manos aún sienten
Tus caricias.
Amarte más no puedo
Pues veo que me faltan
Tus sonrisas

Creo ver todavía
Tu cabello de trigo dorado
Tus ojos de azul cristalino

Amor cuando tu nombre lo pronuncio
Me saben a miel y a vino
La miel de tu dulzura
El vino de mi locura

CAMINEMOS

Siento en mí. Un gran fuego
De Amor o de pasión
No lo sé.
Aunque cuando te veo,
El mundo a tus pies pondría
Pues sin ti, nada haría

Dime, sientes lo que yo
Para entonces amarnos los dos,

Y caminar juntos
Por la senda del Amor
Caminemos por las charcas mojadas
Pisando innumerables caracolillos
Disfrutando de ese momento mágico

Caminemos con las manos entrelazadas
Hablándonos de Amor e ilusión
Pensando en lo que nos une a los dos

Caminemos junto Tu y Yo
Sin pensar en el tiempo, ni en el viento
Ni en las flores, ni en el aburrimiento

Caminemos como dos niños
Que han aprendido un nuevo juego :
El Amor
Y como esos niños, juguemosHasta que nos
enseñen uno mejor

CAMINOS

Caminos voy recorriendo por el mundo
Caminos que dan vueltas
Caminos que ando si darme cuenta

Más solo uno quisiera recorrer
El que me lleva de nuevo a ti.

Para renovar aquellos momentos,
Momentos felices, que quisiera repetir

Caminos, caminos que ando por el mundo
Pero solo por uno quisiera volver a ir
El que me lleva de nuevo a ti

CUANDO .....

Cuando en la noche oscura
Una luz veo brillar
Son tus ojos
Que me han venido a iluminar

Cuando el Sol me encandila
Una sombra veo llegar
Son tus manos
Que me han venido a cobijar

Cuando siento frío
Y nada hay que me lo haga quitar
Solo tu cuerpo junto al mío
Me hace calentar

NUESTRO UNIVERSO PARTICULAR

Cuando nuestros cuerpos se juntan
El universo está a nuestro alrededor
Tú eres la Luna, Yo soy El Sol
Y Venus es donde hacemos el Amor.

Cuando beso todo tu cuerpo,
Besando a Mercurio, Júpiter , Saturno
Y las Estrellas estoy

Cuando hacemos el Amor
Una Supernova aparece
En nuestro Universo particular

Cuando hacemos el Amor
En un cometa nos convertimos,
Tú eres la estrella y yo su cola

Cuando hacemos el Amor
Las maravillas del Universo
Danzan a nuestro alrededor

CUANTO TIEMPO

Cuanto tiempo
Desde que por última vez nos vimos,
Solo tengo el pálido reflejo
De tus cartas, fotos y mis pensamientos

Cuanto tiempo
Sin mis labios los tuyos besar
Sin tener tus cálidos abrazos
Sin sentir tu cuerpo, bajo el mío temblar

Cuanto tiempo
Me queda aún por esperar
Para poder decir
Juntos una vez mas....

CUATRO LETRAS : AMOR

Amor, cuatro letras dichas fríamente
Que poco valor tienen
Más cuando hay sentimiento por medio
Cuanta ilusión nos da

Tú eres el Amor, mujer de mis sueños
Tú eres mi canción de cuna
Tú eres el camino por donde
La vida quisiera pasar

Cuando tengo tus dedos entre los míos
Cuando siento tus labios besarme
Cuando siento tu cuerpo temblar
En el paraíso pienso que estoy

Con tus manos a las mías asidas
Quisiera la vida caminar
Entonces ¿quién nos parará?

Tu camino será el mío,
Tu eres uno , Yo soy otro
Más el Amor
Uno nos hará

DAME ....

Dame la vida
Dame lo que tanto espero,
Dame tu Amor

Déjame amarte
Déjame arrullarte
Déjame besarte

Toma mi vida
Toma mi devoción
Toma mi Amor

Unamos nuestras ilusiones
Unamos nuestras esperanzas
Unamos por siempre nuestras vidas

DANZA DE ALMAS

Mi alma con la tuya
Compartirla deseo

Inhalar por mis poros
Tu vida.........

Lograr capturar contigo
Mis sueños.....

Danzar
Tu alma y la mía

Encadenar
La monotonía...

Reir hasta el último
De nuestros días

Déjame Regalarte
Mi Vida..........

DEJAME.......

Déjame mirar tus ojos bellos

Déjame mecerme en tus cabellos

Déjame abrazar tu fino talle

Déjame palpar tu piel suave

Déjame aspirar tu dulce aliento

Déjame vivir tus íntimas ilusiones

Déjame ser tu eterna llama

Déjame que sea tu recuerdo

Déjame besar tus labios ardientes

Déjame que sea por siempre

Tu amante.............

DIME ¿ ME AMAS TÚ ?

Rostro Blanco, Cielo Azul
Verde Viento, Silbo Errante
Dime : ¿ Me amas tú ?

Cara Rosa, Vestido Amarillo
Caminos sinuosos, Tierra Amante
Dime : ¿ Me amas tú ?

Mi gracia, haberte encontrado
Mi suerte, haberte escuchado
Dime : ¿ Me amas tú ?

Eres Mi Estrella, Eres Mi luz
Sin ti, estoy Solo y Perdido
Dime : ¿ Me Amas tú ?

DISTANCIA.....

Sentimientos y Pasiones alimentan mi cuerpo
Cuerpo destrozado por la distancia...
Del Mar, de la tierra y del tiempo

Tiempo que no te veo
Mar y tierra que hay en medio nuestro
Sin tu presencia, vivo pero estoy muerto

Muerto, porque no recibo el calor de tus abrazos
Ni el fuego de tus besos
Ni el aliento de tus palabras
Ni la savia de tus consejos

Sin Ti estoy vivo,
Pero por dentro me muero ......

DULCE RECUERDO

Dulce el recuerdo de nuestro encuentro
Aún siento el olor de tu piel
Nada ha podido olvidarlo

Aún siento la devoción en tus ojos
Yerma es la distancia que nos separa
Vuelan hacia ti mis pensamientos

Aún siento tu mirada apasionada
La risa cantarina en tu garganta
Como un eco en mí resuena

Aún veo tus andares gracejos
Rimando con el aire tus pestañas
Tus susurros de amor pronunciados

¿Cuándo volveremos a encontrarnos?
Esperando con ansiedad ese momento
Lo único que nos separa es....
La distancia

EL BESO

Tu mano a la mía asida
Con la luna por testigo
Paseábamos, sin darnos cuenta
Ni del tiempo ni del camino

En un momento nos detuvimos
Nuestros ojos se buscaron
En un dulce mirar....

Me fije en tus ojos, en tu boca
Ojos grises como plomo recién fundido
Ante tus dientes, una rosa florida tenías

Y mis manos se posaron
Como un pajarillo en su nido
En tu cuello terso y moreno

Mirándote, acariciándote
Me fui acercando a ti

Mis labios se posaron en los tuyos
Primeros suavemente, para después
Como la hoguera que rompe la noche
oscura
Unirnos como los ríos a la mar
En un beso de amor apasionado

ENCUENTRO

Después de tanto tiempo sin verte
De tanto anhelar tu presencia
De tanto recordarte en mi mente
Hoy he vuelto a encontrarme junto a ti

Cuando te ví.........

No sabía si caminar o correr
Si reír o llorar

Solo pensaba:

En volver a tener tus manos en las mías
En mirarme en tus cálidos ojos
En saborear tus ardientes labios
En gozarte de nuevo

Hoy te he vuelto a ver.....

Quisiera que el tiempo
Que estemos juntos
Pase como la brisa
Sin darnos cuenta

JUNTO A MÍ

Ven , Te quiero,
Te quiero junto a mí
Para gozar de tus caricias,
Besos y risas.

Si fueras viento,
En Eolo me convertiría

Si fueras agua,
Hasta Neptuno te ofrecería

Si fueras Cielo,
Las estrellas te daría

Pero, solo te puedo
ofrecer "Mi Vida"

Vida ilusionada contigo
Que sin ti, quedaría
Como un barco a la deriva

Te pido que seas, Capitán
Capitán, de la corbeta
Más veloz "Mi vida"

Que sin ti, Sería
Solitaria, fría y desierta
En fin muerta

LO QUE MÁS QUIERO

Al mirarte con mis ojos
No miro la belleza que veo
Miro tu alma que tanto quiero

Al asirte con mis manos
No siento tu piel
Siento tu espíritu que tanto quiero

Cuando te tengo en mis brazos
No tengo a tu cuerpo
Tengo lo que de la vida más quiero

PENSAMIENTOS

Cuantas veces he pensado en ti
Cuantas noches soñando con tu amor
Tu imagen siempre junto a mí

Imagen que no puedo borrar
Tus cabellos, tus ojos ,tu rostro
No se van de mí....

Aún recuerdo tus besos
Besos, que todavía queman mis labios
Amor, espero y espero .....

Amor, cuantas veces pensando en ti
Cuantas noches sin tenerte junto a mí

QUISIERA SER .....

Quisiera ser...tu piel
De suave terciopelo

Quisiera ser... tus ojos
De ardiente mirada

Quisiera ser... tu boca
De Rosado Coral

Quisiera ser... tu cuerpo
De cimbreantes movimientos

Quisiera... confundirme
Con tu aliento

Quisiera que nos fuéramos
Al limbo con el viento

Quisiera que en vez de dos
Solo seamos uno, tú y yo

RECUERDO QUE .....

Recuerdo que:
Bajo la luz de la Luna te besaba

Recuerdo que :
Bajo la luz de la Luna te amaba

Hoy no te puedo besar
Pero te amo

Hoy no te puedo hablar
Pero te escribo

Recuerdos, solo recuerdos
Tengo de un tiempo que paso

Pero tan fuertes
Que ese tiempo me parece hoy

SIN TU PRESENCIA

Siento la falta de tu presencia
Como un río seco

Soy como el viento al aire
Que va a ningún sitio

Soy como una playa sin arena
Necesito el aire de tu presencia

Aire que me da vida
Aire que me hace de nuevo renacer

Sin ti soy un barco sin rumbo
Que navega a la deriva

Quisiera que de nuevo estés junto a mí
Para olvidarme que somos dos
Y uno solo ser

SURGES .....

Surges entre la oscuridad
Luz esperanzadora
Como torbellino que alcanzó
La negritud de mi alma

Piedra de molino
Golpeas mis sentidos

Fuente de agua
En el desierto de mi vida

Fresco arroyuelo
Calmando la sed de Amor
Que he tenido

MANOS VACIAS

Sentado ante mi ventana
Vi que el Sol se ocultaba
Pensaba en tí , Amor

Acordándome de cuando tus manos
A las mías estaban unidas,
Pero solo habían unas manos vacías

Las extendí buscándote
Pero solo el Viento, la Lluvia y El Frío
Conseguía tener

Mis manos están hoy vacías,
Frías.... sin vida

Mi Amor ¿ Cuando volverás ?
Para llenarlas, calentarlas y darles vida

Si me Amaras ....

Muestras todo el esplendor
Armonioso de tu belleza
Y tu interior es aún más bello,
Realmente tu dulzura
Anula cualquier defecto

Tu me has dado nuevas ensoñaciones
Entraste en mi vida sin esperarte,
Ansío tenerte entre mis brazos,
Morirme entre ellos mi mayor ilusión
Ojalá el resto de mi vida
Pudiera pasarlo junto a tí

Si me amaras,
Te entregaría mi devoción
Y si nó,
Cuenta con mi eterna amistad

Viniste Hacia Mi .....

Viniste hacia mi...
Ahuyentando las heridas del Alma
Nada me hizo tanto bien
Incluso volví a Reir

Sentir tu Calidez
Hasta estar en el Cielo
A Salir del Infierno

A Creer en la Vida de Nuevo
Sentir a Borbotones
Vahos de Gratitudes

A querer gritar mi Júbilo
Nada me haría más Feliz que
Incluirte para siempre a mi Vida

II.- DESAMOR

AMOR PERDIDO

Cuantas veces en ti he pensado,
Desde un rincón lejano

En un esperar vano,
Sin que nada haya logrado

Recuerdo tus cabellos,
Recuerdo tu risa,
Recuerdo tus besos
Recuerdo, el amor perdido

No me quieres a mí
Como a un amado
Solo como a un amigo

Pero te recordaré
Como la ilusión
De un pasado

Quisiera arrancar tu recuerdo
de mi corazón ahora,
que aún no esta enraizado

Y no más tarde
Cuando sea más difícil todavía,
Arrancar del pensamiento
y del corazón, este amor perdido

AMOR AMOR ....

Amor, Amor
Me gritabas,
No te conteste

Amor, Amor
Me suplicabas,
No te escuche

Loco de mí
Cuando de tu lado huí
No haciéndote caso

Cuando quise gritar:
Amor, Amor,
Ya tú no estabas

Otro, te había contestado
Otro, te había escuchado
Otro, te había hecho caso

Y me Despediste
Con un frío:
Adiós, Adiós

CUANTO DOLOR ....

Cuanto dolor he sentido
Por tu artera traición

Cuanto dolor mi alma
Ha sufrido por tu mentirosa decisión

Cuanto dolor he tenido
Por tu falta de comprensión

Cuanto dolor por haberte
Reído de mi sincero amor

Cuanto dolor por despreciar
Mi febril pasión

Cuanto dolor, por ser tu amor
Solo una magistral actuación

EL CIELO ESTÁ GRIS

El cielo está gris
El viento sopla
Mi corazón está frío
Mis manos ya no te tocan

La lluvia golpea mi rostro
Y de mis ojos ...
Se desprenden dos lágrimas
Pensando en los tiempos que te besaba

Ya no puedo verte
Ya no puedo quererte
Solo tengo tus recuerdos
Y el pensamiento de que me amaste

EN VERANO TE CONOCÍ

Otoño, Invierno
Primavera, Verano
Cualquier estación
Es buena para amar

Más en Verano
Te conocí .
Y Tú ningún caso
Me has hecho

Quisiera que algún día
Me amaras tanto como te amo
Y quisiera que ese día
De tanto esperar
No me haya olvidado
De ti.

Más en Verano , te conocí
Y cuando llega esa estación
La dulzura de tu recuerdo
Me embriaga

FOTO VIEJA

Hoy de ti
Solo me queda
El pálido reflejo
De una foto vieja

De tus risas y deseos
De tus ilusiones y anhelos
Solo me queda
Una foto vieja

Mirándote en ella
Saboreo tus dulces besos
Tus apasionadas promesas
Tus súplicas de Amor Eterno

Y solo me queda
El pálido reflejo
De una foto vieja

Recuerdo nuestros cuerpos deseosos
Por estar juntos
En nuestro particular universo

Cuando me siento
Las tardes lluviosas
Buscando tu mirada ansiosa

Solo encuentro
El pálido reflejo
De una foto vieja ....

Sé que no volverás
Que jamás te volveré a tener
Ya... nuestro tiempo pasó

Por que de ti
Solo me queda
Una foto vieja

Porque de ti
Solo me quedará
El pálido reflejo
De una foto vieja

FRAGANCIA PERDIDA

Fragancia perdida, olor desvaído
Aún recuerdo,
Cuando me abandonaste
Te deje partir, sin ganas
Pero era lo mejor para los dos

Mis manos se tendieron
Tus dedos me tocaron levemente
Y a los míos abandonaste
Dándote media vuelta, te alejaste,
Una lágrima surco mi rostro

Perdía la ilusión, de lo últimos tiempos
Pero no pudiste alejarte sin verme
Por última vez……

Me saludaste con un ligero devaneo,
Tampoco pudiste dejar de llevarte
Los dedos a tu boca,
Dándome el último beso,
Te vi llorar y nos alejamos…..
Hoy te he vuelto a ver,
No saludamos
Y un beso de amigo, nos dimos,
Charlamos y nos contamos
Lo que nos había pasado

Parecía, que nos habíamos olvidado

De nuestro amor, pero no pude
Dejar de pensar, en un perfume
Que hacía tiempo no había percibido

Y ahora de repente, un poco
De su fragancia me volvía,
Fragancia perdida, olor desvaído

MENTIRAS

Me dices que me amas
Te digo que te quiero

Para que decirnos esto
Si nuestros sentimientos
Dicen que no nos queremos

Y lo que realmente nos une
Es el Deseo.

QUISIERA NO RECORDARTE

Quisiera no Recordarte,
Olvidarme para siempre
De lo que pudiste darme
Y no me diste

Lo he intentado con otros Amores
Pero todo ha sido en vano
Tu recuerdo me ha perseguido
Como la sombra en el camino

Se que no vale la pena
Seguir luchando
Pero así de tonto soy
Que aún te sigo esperando

Que es lo que he conseguido
¡Nada!

Pero me digo
Un Amor, que tanto me recuerda
¿Vale la pena darlo por perdido?

VOLARON ......

Volaron, aquellos pájaros
Volaron, para no volver jamás
Volaron como mi amor
Que ni siquiera se posó

Volaron y no volverán jamás
Volaron como mi ilusión
Que jamás se realizó

En el horizonte se perdieron
Y tu con ellos también
Volaron y no volvieron jamás

III.- SENTIMIENT OS

FUNEBRE CORTEJO (A LUIS....)

Amén Dijeron
Fúnebre entonaron
Entre bancos caminaron

Coronas. Todos a pié
Menos uno, acostado en
Lecho de madera
Acolchado.

Él amortajado
Los demás acongojados.

Fúnebre cortejo
El lecho primero
Por patas, humanos

Pegado a el
Coronas a pié
Íntimos trasladan

Coronas atrás
Su sangre
Recibiendo saludos
Vanos, sinceros
Compromisarios

Avanza, Avanza
El cortejo tristemente.

Detenidos.

Morada Santa
Fosas Abiertas
Fosas cerradas
Nicho Abierto
No ocupado

Lento...
El lecho, entraron
Tapiaron y Fecharon.

Abandonamos
Aquel Santo lugar
Pero uno menos
Contamos.

AMANECER

Amanecer
Nuevos suspiros,
Roca esculpida por :

El Viento,
El Agua,
El Frío.

Amanecer
Nuevos anhelos
Rostro surcado por :

El Recuerdo,
El Amor,
El Deseo.

Amanecer
Nuevos credos

Cuerpo moldeado por :

El Dolor,
El Sufrimiento,
El Miedo

Amanecer
Tiempo en que El Hombre sueña
Lo que nunca ha de ver

AMIGOS

Hoy de nuevo he encontrado Amigos,
Amigos que me hacen pasar el tiempo mejor,

Pasando momentos agradables
Olvidándonos de lo que hemos dejado atrás

Contándonos nuestras alegrías y penas,
Como si quisiéramos olvidarnos de ellas

Amigos, con sus cosas malas y buenas
Pero amigos con los cuales
Podremos pasar una vida mejor

ATLANTICO MÍO

Cuando después de largo tiempo
Sin haberte visto
Te he sobrevolado
Con un gran recogimiento
Que no había previsto
¡Cuantas cosas he recordado!

¡Ay Atlántico Mío!
¡Ay Padre Mío!

Recuerdo las veces
Que me has acogido
En tu seno paterno
Jugando con tus peces
A perseguidor y perseguido
Que gusto si fuera eterno

¡Ay Atlántico Mío!
¡Ay Padre Mío!

La de veces que me siento
Como sobre nubes
Cuando por Ti navego,
Con un andar, seguro, lento,
Me bajas, me subes,
Hasta que al destino llego

¡Ay Atlántico Mío! ¡Ay Padre Mío!

Padre amantísimo, qué de comer nos das
Que a muchas familias alimentas
Pero cuando te enfadas
Nos pides juntas todas las rentas,
y sin algún hermano, nos quedamos

¡Ay Atlántico Mío!
¡Ay Padre Mío!

Eres de todos
Pero también mío
Oh! Padre frío
Gracias por todo

¡Ay Atlántico mío!
¡Ay Padre Mío!

Te quiero como a un amigo
Como a una amante
Como a un padre
Te quiero como a todo lo mío

¡Ay Atlántico mío!
¡Ay Padre Mío!

EL ARBOL Y EL RIO

Cuan triste estás ¡Árbol!
Al ver que los hombres
Han desviado tu río

Aquel río que a tus raíces
Daba alimento
Y a tú copa, verdor

Hoy estás , frío y seco
Ya nadie bajo tu sombra
Cobijas.

¿ Recuerdas?

Cuando las aguas cantarinas
Salpicaban tu hermoso tronco
Y los amantes se recostaban a tu pié
Pasando horas interminables

¡Ay! Árbol
La naturaleza te dio la vida
Ahora los hombres te la han quitado
Esos mismos hombres que a tu sombra
Al amor jugaban

LA GUAGUA DE LAS 6 Y 28

Todos los días
A la misma hora
Señalando la hora
De comenzar el camino

La guagua de las 6 y 28
Para en el mismo sitio.

Su cargamento es el mismo
Solo cambian las personas

Cuantas personas distintas
Cuantos sueños parecidos
Para tener igual destino,
El destino de El Hombre

Sueña, sueña, Hombre
Sueña con ser alguien

Sueña mientras tengas tiempo
Antes de que te des cuenta
De que no eres nadie

LA ILUSIÓN

Junto a la orilla del mar
Una chiquilla me vine a encontrar
Joven y frágil
Hermosa y radiante

Ven le dije
Más no me contesto
No era como las demás
Era, era.... La Ilusión

Esa Ilusión
Que tanta veces se pierde
Pero que siempre ansiamos encontrar

Junto a la orilla del mar
Una chiquilla me vine a encontrar
Era la ilusión, una vez más.

PAJARILLO

Canta, canta pajarillo
Que en una jaula has nacido

Canta para que oigamos tus trinos
Tantas veces repetidos

Pero no cantes por tu libertad
Que no tienes, no has tenido

Ni jamás tendrás

PINTOR POETA

Los poetas pintamos,

Lo que el pintor no puede.

Pintamos con las pinceladas

De unos poemas,

Que el lector   imagina

Estar ante un cuadro,

Que cada cual a su gusto

Compone, encuadra y Colorea

Magia de unas palabras escritas

Que en la mente

Conforman la más bella imagen

QUISIERA.......

Quisiera ... alcanzar las estrellas

Quisiera... despojarme de mis ataduras

Quisiera... no ver niños hambrientos

Quisiera... que no hubieran guerras

Quisiera... Amor y Paz

Quisiera ... no estar solo por los caminos

Quisiera... ser alma con destino

Quisiera ... gritar mi desesperanza

Quisiera... oír en paz el ruido de la vida

Quisiera... Quisiera... no haber nacido

RECUERDOS

Sentado frente a una fotografía
Llena de recuerdos infantiles
Pienso lo que soy y lo que fui

Soy nada, lo mismo que fui
Pero algo tuve
Que la foto me recuerda

Aquellos días alegres, bulliciosos,
Sin penas, solo alegrías.
Recuerdos de ilusiones, nunca realizadas

De Amigos, que nunca volvieron
De Piedras que entonces eran paisaje
Hoy por el asfalto cubiertas
Caras imberbes, hoy curtidas
Zapatos rotos
Que servían para casi todo
Recuerdos en mi mente,
Para aquellos que no están ahí
Pero estuvieron conmigo

Recuerdos de todo aquello que paso
Como un soplo, casi sin darnos cuenta
Ilusiones, juegos, Amores ,
También, Las primeras desilusiones
Recuerdos, Recuerdos
De una fotografía,Tiempo que pasó

RELOJ QUE DAS LAS HORAS

Reloj que das las horas
Para el niño rico
Levantado a las doce de la mañana

Reloj que das las horas
Para el pobre mendigo
Que pide en una plaza desolada

Reloj que das las horas
Para el rico Propietario, que gasta
Millones
Sin subirle el sueldo a sus numerarios

Reloj que das las horas
Para los niños abandonados
Marcados para toda su vida

Reloj que das las horas
Para los que venden por dinero su cuerpo,
su alma, o sus ideales

Reloj que das las horas
Para esta Sociedad injusta,
Que por muchos movimientos, No
cambiará

Reloj que das las horas
Pero cuando las das
¿Hay alguien que Ora?

FUERTEVENTURA

Fuerteventura, eres mecida por los
alisios,
Calmando el Sol abrasador

Fuerteventura, donde el mar da
besos turquesas a tus costas

Fuerteventura, donde la luz reina,
Mostrando un caleidoscopio de detalles

Fuerteventura, tierra árida, pero bella,
Como una mujer desnuda

Fuerteventura, donde baifos y cabras
Pastorean libremente, esperando la
apañada

Fuerteventura, romerías por toda la isla,
y a la Virgen de La Peña ,devoción

Fuerteventura, interminables playas,
donde el Sol se regodea en la arena

Fuerteventura, no posees grandes
riquezas
Pero tu mayor Tesoro, es quién te habita

MÉXICO

Grandes desigualdades
Se enseñorean en ti México,

Desde las mayores riquezas
A la más grande pobreza

Hace quinientos años
Que te saquean México,
Y aún eres generoso

Tricolor es tu bandera:
El Verde de los campos
trabajados con sudor y esfuerzo

El Blanco de tus picos nevados

El Rojo de la sangre de tus hijos
por la libertad derramada

México, eres Sol y Tequila,
eres Música y Pasión
eres Chile, Mole y Tortilla
México, cuando tengas
Un verdadero mestizaje

México, cuando sea superada
La traición a Moctezuma
Entonces México,Se verá cumplido tu
destino

Mamá

Cuando era pequeño me mimabas
Cuando era Joven me guiabas
Cuando era adulto me aconsejabas

Mis recuerdos de la vivencias
pasadas contigo permanecen indelebles

Cuando llegaste a la senectud ,
ya no eras totalmente independiente
entonces te mimaba, acariciándote los
cabellos
te cuidaba supliendo tus carencias

te acompañaba en tus momentos de
soledad

Ahora no cuento con tu presencia
pero permanecerás por siempre junto a
mi

Princesa Tropical

Yegua de Paso fino , de piel trigueña
Amada por todos
Caribe en tus genes tienes
Eres una Princesa Tropical

La Danza es tu pasión
Intolerable a la injusticia
Sol Alumbrador
Hija Amada

Imposible de conseguirte por Cualquiera
Rara Gema apreciada por todos
Amable por naturaleza
Leal a quien te quiere

Deseas la Perfección
Obras con Precaución
Bendecida por Diós con la Belleza
Tu mayor virtud es la humildad
Eres una verdadera Princesa
Princesa Tropical soñada

www.ingramcontent.com/pod-product-compliance
Lightning Source LLC
LaVergne TN
LVHW040918150826
845672LV00007B/2100